我們一定要

解放口罩

椰子——著

自雞籠裡掏出落日

——椰子詩集《我們一定要解放口罩》序

白靈（臺灣詩人）

　　這世界充滿了迷霧，很多事件來時常常不知其所由來，去時也常草草收場。事情的原委也許不這麼單純，像有什麼陰謀正在進行，一切宛如一齣劇本，卻演得荒腔走板或正如腳本的預期，但背後一定有關鍵人或事被刻意隱瞞、或有所企圖而掩藏了真相，甚至釋出不同方向的訊息，誤導了事情的焦點。像石黑一雄《被掩埋的巨人》（*The buried giant*）中吐出茫霧令人喪失記憶的巨龍隱藏深山，於是世事便如此「迷霧起來」，末了完全無法追蹤。因奮戰此迷霧而犧牲者不少，有膽去屠龍挖出真相的，最後大半不了了之。

　　我們不知起源於 2019 年 12 月的 COVID-19（2019 冠狀病毒病，簡稱新冠疫情）是不是也是如此？受難者眾多，但因此瘟疫而得利者一定也不少。截至 2023 年 12 月，全球性大瘟疫已長達四年，仍時伏時起，或不停變異流傳，已累計有近八億的確診病例（不包括不自知或輕狀者），近七百萬人死亡，約略二次大戰直接間接死於戰爭

人數之十分之一。而主要其影響是全球性的，沒有人可以豁免，生命受到極大威脅，偏偏敵人是看不見摸不著的病毒，它隨時可能侵犯任何人。起初為避免其快速傳染，戴口罩成了常態，卻演變成搶口罩之災，其後封街、封城、停飛、停航、禁運、停班、停課、施打疫苗、自主管理、上班上課皆靠上網，幾成了常態。

　　詩人面對此情此景，感受必然深刻，也必然想訴諸文字凝結成詩，而偶一成詩者不少，但能長期關注此疫，不斷對之「牢騷」者恐極有限，菲華詩人椰子是迄今為止，在華文詩壇極罕見能集中此一題材、在狀態嚴峻期持續關注了三年多，如今又將之結集成冊，實值得擊節讚賞。更重要的是，他是從疫情初起面對世人大恐慌到病毒不停突變、周遭政經社會發生的各個狀態，都隨時予以捕捉，此期間各種民情、各式百姓心境的起落，在詩中就有甚為突出的表現。比如寫於疫情初始的〈一月風暴〉：

　　　　到底什麼在風中吹
　　　　呼吸演變成風暴

　　　　請阻止自己呼吸
　　　　拒絕與別人共空氣

風裡寫著不可解的密碼
一匹快馬自古書奔出

萬千將士憑空廝殺
英魂回升天庭時　鼓擊

（2020.02）

短短八行，即掌握了疫情之快利恐怖，對此疫的莫名起源（第一段）、不可解（三段）和引發恐慌（二段）、以及像自古代殺出的惡煞，和對抗疫而犧牲者表達敬意（末三行）。而其演進極戲劇性，一切恍如幻境，不像是真的：

一場假面舞會悄然行進
所有人都被勒令戴上面罩
穿白衣的天使飛來飛去
婦女在瑪利亞神像前祈禱
蝴蝶啟程向星光歸去
沒有一張臉是真實呈現的
街景荒誕像末世的幻象
誰策劃的嘉年華舞會啊

一個千年騙局

（〈封城第一日〉，2020.03）

　　世人像是為配合誰的劇本而加入這場假面舞會，天使飛翔和瑪利亞神像被當街高舉，荒誕又熱鬧，如「嘉年華舞會」卻也如「千年騙局」，只因心境並不是歡欣的。甚至要面對死亡的威脅，病床不足，常有染疫急救不及而暴斃者，又為避免傳染擴大，往往不能見最後一面而遭快速焚化銷毀，棺木不夠用，還需排隊等候，諸多怪現象前所未見。起初群眾排隊搶買口罩，如〈預兆〉中所寫「送口罩」成了「最友情的禮物」，至於疫情如何發生宛如迷團：

　　　　武漢疫情的不可解像大山一樣壓縮在心頭
　　　　而馬尼拉以南的大雅台火山正以萬鈞之力
　　　　往半空中噴出一張魔鬼的臉孔
　　　　那令人瑟瑟發抖的圖片四處轉發
　　　　入睡前仿若禽的苦啼隱隱傳來
　　　　龐貝城被淹沒前的世界
　　　　是否如此刻夜的下沉

　　　　（2020.02）

大雅台火山於 2020 年大規模爆發，周遭數裡房屋全毀、居民被迫遷居，生計迄今仍無著落，天災人禍繼踵而至。連菲國總統杜特蒂下達〈封城令〉時咳了一聲嗽，眾民都急速閃避，其恐慌程度可以想見：

　　總統的脫口秀全民屏息
　　尾聲一記咳嗽
　　震顫島嶼肺部
　　杜式幽默詩意演繹
　　這回卻萬箭穿心

　　（2020.03.13）

　　問題是，底層百姓因買不起或買不到口罩怕違法，只能「彩繪面具」以應對，真是不堪景象，〈乞者〉即說：

　　他甚至沒有一隻口罩
　　取而代之以一副彩繪面具
　　逗人的困窘似悲似笑
　　我聽到銅幣轉動的聲響
　　那自嘲的容顏後

一隻獨眼在說謝謝

（2020.03.26）

　　加上染疫者快速傳播，死亡如影隨形。「一紙前所未有的詔書／由新任的皇帝頒發／萬人空巷下跪接旨／錦囊裡只有一個字／──死」（〈盛夏宣言〉），「新任的皇帝」指死神。因到處有人倒下，〈2020年標準照〉寫說：

　　一場隱形的戰爭
　　大街小巷經已淪陷
　　所有披掛上陣的戰士
　　都佩戴口罩
　　勝似一件防彈背心
　　無情的伏擊
　　有人不幸中槍倒下
　　生死簿上赫然載明
　　戰地攝影師　請為他
　　抓拍一幀蒙面赴難的相片
　　沖洗那眼中一閃的雷電
　　某日　底片竟化蝶而飛

（2020.08）

戰疫如戰爭，穿「防彈背心」仍會倒下，一切景象都因面對的是看不見摸不著不知敵人何在的病毒，在在顯示了世界末日般大災難的恐怖景象。百姓皆不知「敵人藏匿何處」，可能是「方向盤　門把　速食盒　手機　眼鏡　鑰匙串　滑鼠　鋼筆　計算器　胸針　提包　高跟鞋……」，什麼都可能，「敵人四面八方旋轉／我不斷扣動扳機」（〈沒有標誌的球體在空間中旋轉不休〉），悲哀莫大於是。

　　法國的卡繆 1947 年著有《瘟疫》（*La Peste*）一書，他說：「瘟疫逼我們打開眼睛，逼我們去思考。世界上一切的惡和這世界本身的真相，也會出現在瘟疫中。面對這樣的瘟疫，人們該奉行的唯一口令是反抗」。一如椰子在〈盛夏宣言〉中所說：

　　　一題荒謬的悖論
　　　留給哲學家去思索
　　　我們在北緯 15 度體感 51℃ 的怒火中
　　　燃燒　懷抱死寂吟唱大悲咒
　　　斗膽書寫至高無上的檄文

　　（2020.05）

「懷抱死寂吟唱大悲咒」，這是椰子反抗世紀之疫的檄文，雖然只能以詩的形式吶喊而已，卻也代表了千千萬萬小老百姓在發言。

《瘟疫》是卡繆在文學史上的重要作品，尤其當疫疾臨至，此書即值世人重覽、深思、及討論。卡繆借此書寫出了人類面臨瘟疫時，無不流程相似：開始是抗拒、否定、認為不可能，之後不得不反復確認，最後只能挺胸誠實地面對自己面對死亡威脅的恐怖處境，剩下即想方設法使自身安全度過難關，並等待疫情過去。卡繆又說：「我想通過瘟疫來表現我們所感受到的窒息，和我們所經歷時的那種充滿威脅和流放的氣氛」，他甚至認為「瘟疫是極權，極權也是瘟疫」。因為總有人以此疫為柄，掌握某些物質或權力、下令封城封運封鎖新聞，掌大權利、握人生死，甚至大發不義的災難之財。而一切都在檯面下悄悄進行，小老百姓完全看不清究竟發生了什麼。椰子對此深惡痛絕，他的〈寂靜為王〉即對此呼告：

> 權杖統治著世界
> 金錢統治著世界
> 聲色統治著世界
> 喧囂統治著世界

而今
一切都搖搖欲墜
在瘟疫的廢墟上
寂靜掌管著世界

（2020.07）

　　這是對背後「影武者」有力的控訴，即使控訴發揮不出什麼作用，也要留下見證。正如卡繆呼籲的：「習慣於絕望的處境，比絕望的處境本身還要糟」，我們不能任由那些黑暗力量為所欲為。

　　但偏偏在三劑疫苗普遍施打以前：「彷彿我們生活的城市就是／一間無盡醫院的診室」（〈像在古代悲劇中那樣？〉，2020.12），「地球上所有防禦系統都無法抵擋／在炮彈轟然砸地的瞬間／軀體裡的骨骼碎裂出巨響／天啊　這是一場殺人不見血的交戰」（〈人體飛彈〉，2022.02），正是大疫發生兩年間所有人的心聲。

　　此時能稍獲喘息的反而是地球生物，但也只是短暫的：「人曾為馬牛羊量身訂製嘴籠　而今／蝙蝠啊果子狸啊也給人套上口罩」（〈囚〉，2021.10），反而人們有同島一命，所有人都成了命運共同體，心裡七上八下，全因「絕望的處境」之慮，如〈愛的匱乏〉所寫：

一幅菲律賓地圖
受瘟疫玷污的一列群島
7107 個島嶼像 7107 個吊桶
在我胸中的太平洋起伏
上去　下來
上去下來

（2021.11）

　　幸好網路成了救命船，〈網路　末世的菩薩中〉說：
「一手變身千手／彷彿船來船往／／縱使地面正在下沉／
洪流摧枯拉朽／這最後的一根稻草／將不幸的人緊緊拽
住」，既然命懸旦夕，則如卡繆的預言：「失去了對過去
的回憶，失去了對未來的希望，他們已置身於當前的現實
之中，說實在的，在他們看來，一切都成了眼前的事」、
「除了當下此刻，其餘一無所有」，因此椰子說：「即便
跨越萬水千山／仍不可肌膚之親的你我／唯以愛的手勢／
飛吻」（〈飛吻〉），有遙遠的手勢（就算在網路視頻
上）也聊勝於不能面唔相親。

　　冠狀病毒從英國的阿爾法（Alpha）出現到 2021 年
11 月 9 日的 Omicron（B.1.1.529）變異株。中間還有南非

的貝塔（Beta）、巴西的伽瑪（Gamma）、印度的德爾塔（Delta）、美國的厄普西隆（Epsilon）、巴西的澤塔（Zeta）、美國的埃塔（Eta）、菲律賓的西塔（Theta）、美國的艾歐塔（Iota）、印度的卡帕（Kappa）、秘魯的拉姆達（Lambda），它們像一長列〈流行史〉（2021.10）：「一波又一波／潮水般迴旋」、「哼一支淒美的哀歌／單曲循環……」，真是變化多端，難以捉摸。於是各種〈偏方〉傾巢而出：「土耳其的古龍香水／菲律賓的椰子油／印度的牛糞／臺灣島的檳榔／美國的消毒水／祖國的煙酒茶」，可見得敵人有多難對付。

　　如此遂「漸漸練就了刀槍不入的幻覺／默念一物降一物的咒語」（〈出門〉，2021.03），把防疫人員看作「穿『太空服』的訪客」、「他們或拿著長尾巴的槍四處消殺／或將一根細細的棍子探入人的口腔／甚至將一些莫名的液體注入肌體／如此三番五次的折騰」（〈人類是否會被放過〉，2021.11），一切有如只會出現在科幻片上的幻象。乃至把枯枝上「幾隻白鴉」看成「像是雲朵」、「又像是口罩」（〈誰誤導了我的視線〉，2022.03），世人心境之受大疫所驅使，可見一斑。

　　前面提及卡繆曾說：「瘟疫逼我們打開眼睛，逼我們去思考。世界上一切的惡和這世界本身的真相，也會出現在瘟疫中。」椰子透過他的這本詩集重新審視自己和世

界、生與死、愛與親人、昔與今，也因其所處的菲國正是西方與東方的最前緣，其書寫內容多元豐富，也讓人們思索生命的意涵和人在萬物中的地位。歷經三年餘，詩人椰子從一起初「在有生以來最長的假期裡／一日一看馬尼拉灣完美的日落」的〈餘生所願〉就見到自己遠渡海外重新再起的昔今之比：

現實在理想的黃昏中燃燒
晚霞讓我捕捉到餘生所願
遠山背後曾藏著一個少年
每個黎明自雞籠裡掏出落日

此四句中的「現實」、「黃昏」、「晚霞」指現在當下，「理想」、「少年」、「遠山」和「雞籠」應皆與尚未來菲國前年輕時的想望有關，「每個黎明自雞籠裡掏出落日」，就有種男兒志在遠方的期望，不願為「雞籠」所拘。然而即使在國外已定居多年，恐仍難有定下心之感，始終有著遊子的感傷。

法國哲學家德勒茲（Deleuze，1925-1995）曾提出「游牧」的概念，指「處處皆是家，但卻處處皆不是家」的游牧式生活型態，正可用來對抗有固定邊界或「國家機器」型態的生活形式，由此發展出「游牧學」的觀念，

指當人能處於「平滑空間」（如沙漠或海）而非「條紋空間」（如馬路、規則），則可進入一種「解轄域化」的自由狀態形式，有機會脫離「束縛」，展開「逃逸」的路線。反之，只要劃出邊界、分出內外、主從、上下，即易遭「轄域化」而進入「條紋空間」的框框而受「束縛」。如今的新冠病病毒能不停變異，即是不斷「解轄域化」地「逃逸」，而做為一個菲華詩人如椰子者，也正是站在菲與華之間、出入東西方文化之際，難以被哪一方所完全「束縛」，以是也常想從其中之一「逃逸」到另一邊，矛盾和困頓自不可免，心靈卻可不受局限。而當他在接種疫苗的當下，乃有了深刻的體悟，寫下了〈古老的機關〉一詩：

在一個邊界分明的國度
該如何打發心中的鬱悶
這邊是東方　那邊是西方
接種疫苗的八卦陣裡
長長隊伍一波三折

哦　那金黃的藥盒
泰山般的玻璃瓶
一杯清澈的長江水
江水蕩漾微微發亮

扎針的剎那　有兩尾小魚

尾隨　輕輕潛入

我的黃皮膚和黑頭髮

有兩尾小魚一黑一白

像陰陽交會的太極　迴圈

在經絡裡

我笑出了魚尾紋

（2021.04）

　　椰子打的疫苗到底是西方的 AZ、莫德納，或是東方
中國的科興、國藥或其他，我並未相詢。而不同的選擇本
就是兩難，詩中對「邊界分明的國度」頗有微詞，東西兩
方在菲國交鋒，「藥盒」學問大，是不是打的即「一杯清
澈的長江水」，或「扎針的剎那　有兩尾小魚尾隨」，
是否上回東方這回西方，「一黑一白／像陰陽交會的太
極」，此句分明指太極圖白中有黑、黑中有白的陰陽相生
相倚，如此所謂「邊界之爭」、「東西方之爭」就毫無意
義，其循環往復亦如不分東西方的疫情病毒，其必然發生
和終將快速變種而與人類共存永生。所謂〈古老的機關〉
（太極圖）即暗喻了一切，所謂「邊界分明」不過是自尋

煩惱而已。這是椰子甩開「束縛」、甩開病毒的威脅，自己「解轄域化」，而能從詩中不斷「逃逸」出去的妙觀和逸想。

　　他在大疫三年餘後寫下了這首〈每個深夜都是如此〉：

　　夜幕下
　　不同形狀的窗戶
　　依次點燃各自的星火

　　整夜的照耀
　　橘黃的方塊轉而暗淡了
　　我卻決意亮成人間的孤燈

　　每個深夜都是如此
　　天上敞開著萬千窗子
　　哪裡有你匹配成雙的一盞

　　一盞萬古愁
　　在幽遠的眨眼中臨近

　　（2023.03）

椰子「決意亮成人間的孤燈」，只因知道「天上敞開著萬千窗子／哪裡有你匹配成雙的一盞」，孤獨是必然的，就算有「匹配成雙的一盞」也不必過度期盼，「一盞萬古愁／在幽遠的眨眼中臨近」既指自己那盞孤燈，也可指對世事有所感、有相近萬古愁的其他孤燈。然而「每個深夜都是如此」，那麼孤自亮著，又何其不易？這是椰子的「游牧學」，以「一盞」面向沒有「條紋」只有無垠「平滑夜空」之「萬古愁」，他要自我「解轄域化」，借詩不斷「逃逸」，此乃椰子自我選擇的生活方式。

「每個黎明自雞籠裡掏出落日」，與「決意亮成人間的孤燈」並無差別，「落日」自「雞籠」跳出，「孤燈」在「深夜」燒出洞，都是不願拘於一隅一角，要自如自在地在東西方之間「游牧」，不管它們的亮光會不會很快熄滅。椰子此詩冊即是他三年多來面向大疫所思所想的部分收集，「一盞萬古愁」決意點亮每個深夜，不只留下世紀大疫的紀錄，更深刻地開拓了讀者思索生命的面向，以及透過詩如何自束縛中逃逸的視野。

目次

—— 我們一定要解放口罩 ——

口罩

創可貼之一種

（2020.01）

一月風暴

到底什麼在風中吹
呼吸演變成風暴

請阻止自己呼吸
拒絕與別人共空氣

風裡寫著不可解的密碼
一匹快馬自古書奔出

萬千將士憑空廝殺
英魂回升天庭時　鼓擊

（2020.02）

預兆

從人頭攢動的商場出來
天色暗紅　夾雜著一絲絲
硫磺的異味　彷彿一支火柴
隨時會點燃這沉悶的星球
停車在藥店門口　碰見
買不到 N95 口罩的一群男女
沮喪地走了出來
情人節馬上就要到來　送口罩
竟是此時最友情的禮物
武漢疫情的不可解像大山一樣壓縮在心頭
而馬尼拉以南的大雅台火山正以萬鈞之力
往半空中噴出一張魔鬼的臉孔
那令人瑟瑟發抖的圖片四處轉發
入睡前仿若禽的苦啼隱隱傳來
龐貝城被淹沒前的世界
是否如此刻夜的下沉

（2020.02）

封城第一日

黑暗大盜
蒙面劫走落日餘暉
在一個奇異的小鎮
一條熟悉的街道
那茫無頭緒的人海裡
一場假面舞會悄然行進
所有人都被勒令戴上面罩
穿白衣的天使飛來飛去
婦女在瑪利亞神像前祈禱
蝴蝶啟程向星光歸去
沒有一張臉是真實呈現的
街景荒誕像末世的幻象
誰策劃的嘉年華舞會啊
一個千年騙局

（2020.03）

飛吻

封航令如網撒開
連鳥也飛不過去

閘門層巒疊嶂
將親密的人
橫隔千山萬水
即便跨越萬水千山
仍不可肌膚之親的你我
唯以愛的手勢
飛吻

（2020.03）

回音

即使凶神惡煞的魔鬼
也未曾使我們與親朋分離
在黎明的增援抵達前
人海被切割為殘兵餘勇
家　　撤退為
單打獨鬥的最後堡壘

在一片創世紀的死寂中
某個瀕臨崩潰的人
弱弱地隔空籲嘆──「唉」
大地竟耳語──「愛」
愛愛愛　　輕輕落入人間
自詞的螺殼內

（2020.03）

同病相憐

手一洗再洗
仍洗不掉雙手犯案的紋理

臉越捂越緊
捂出一臉失色的蒼白

路漸行漸窄
走成人見就躲的獨木橋

肉身被通緝已確信無疑
魂靈怎麼也成了嫌犯

（2020.04）

美何須掩飾

封城月餘
春雨滴答
人行道上
口罩流動
一個金髮碧眼的高挑女孩
鼻翼蜜糖般閃亮
青春的氣息溢出
這人間　這春色
她走入不屬於自己的季節

（2020.04）

盛夏宣言

一紙前所未有的詔書
由新任的皇帝頒發
萬人空巷下跪接旨
錦囊裡只有一個字
——死

一道死命令
活生生地垂直起來
旋風般吹落全世界
所有的統計和測量失速了
所有的公式和方程失靈了

一束明亮的光
就能刺破死牢的漆黑
再堅持三、五天吧
夏季的氣壓正在聚攏中
一場風暴的革命就要掀開

一題荒謬的悖論
留給哲學家去思索
我們在北緯 15 度體感 51°C 的怒火中
燃燒　懷抱死寂吟唱大悲咒
斗膽書寫至高無上的檄文

（2020.05）

網路　末世的菩薩

絕緣體的黃昏
暮色四合
一截孤零零的天線
舉著　餘光
貓步般漫遊

波與影交疊
光明頂上呈異彩
一手變身千手
彷彿船來船往

縱使地面正在下沉
洪流摧枯拉朽
這最後的一根稻草
將不幸的人緊緊拽住

（2020.06）

寂靜為王

權杖統治著世界
金錢統治著世界
聲色統治著世界
喧囂統治著世界

而今
一切都搖搖欲墜
在瘟疫的廢墟上
寂靜掌管著世界

（2020.07）

詩壇的隱者
──悼詩人陳默

在囚籠的網裡
我們呆呆張望天空
渴求來春的訪問
靜默的等候
竟成了無尾的詩句

那個春天無情地失效
唯以蟬鳴代替嗚咽
你終於遁為一個隱者
在秋日般的詩壇上
冬眠

（2020.07）

2020 年標準照

一場隱形的戰爭
大街小巷經已淪陷
所有披掛上陣的戰士
都佩戴口罩
勝似一件防彈背心
無情的伏擊
有人不幸中槍倒下
生死簿上赫然載明
戰地攝影師　請為他
抓拍一幀蒙面赴難的相片
沖洗那眼中一閃的雷電
某日　底片竟化蝶而飛

（2020.08）

黑鳥

一隻鳥
自疫區撲騰驚起
它一直飛
白羽毛都染成了黑

它從未停歇
不斷地穿梭
也無法抵達

或許它不是鳥
只是一枚黑色的月亮

（2020.08）

你在鏡片之外

玻璃窗上
雨珠獨自攀爬
鏡頭中
火在海的盡頭燃燒
電視螢幕裡
主角的愛情降至冰點
貓眼外
外賣逐一掃描房間號碼
面罩前
病毒如塵望不見盡頭
手機顯示幕內
心之所想呼之欲出
而從夜視鏡瞄出去
綠色本是黑暗

當我閉上雙眼
隱形的自我一一顯現
我在鏡片之內

世界在鏡片之外

（2020.09）

「沒有標誌的球體在空間中旋轉不休」[*]

敵人藏匿何處
方向盤　門把　速食盒……

敵人藏匿何處
手機　眼鏡　鑰匙串……

敵人藏匿何處
滑鼠　鋼筆　計算器……

敵人藏匿何處
胸針　提包　高跟鞋……

敵人四面八方旋轉
我不斷扣動扳機

（2020.09）

[*]　引自布羅茨基（Joseph Brodsky）

美與危險

像遊弋的海洋生物
像飄零的花瓣
像粉紅的球莖
像閃亮的皇冠

那迷人的表象
所潛伏的殺機
在千倍顯微鏡下
以核裂變方式爆炸
如同那光芒萬丈的選舉謊言
季節性易感
美且危險著

生死時刻
唾沫紛飛

（2020.10）

庚子年秋祭

人海　一片片包裹五官的葉子
入秋　一遍遍收藏千人的面孔

（2020.10）

黑蝙蝠的罪名

那些極力隱藏羽翼的人
混跡於陰森恐怖的洞口
冷笑於無數個夜晚的月黑風高
以一臉動物的皮囊
在網的邊緣　飛行

（2021.11）

臨門一腳

朝東的陽臺橢圓形
像是嵌鑲在樓房上的一粒球
睡夢中不小心一腳踢飛
清晨又將它傳回來

太陽折返北回歸線
陽臺又偏西了一點點
圍爐而坐的空洞
把一個人慢慢燒焦

三月圍城　日子拉得扁扁長長
八月解封　我們仍在原地打轉
從前分秒必爭　而今迂回有術
請求雨　一場雨洗滌

北半球的陰影即將走向盡頭
秋天悄悄積蓄能量
來吧　身披霞光　手執長矛

等候那臨門一腳

（2020.11）

貧民活命攻略之一

一把吉他換兩隻雞
兩隻鐮刀換三壺酒
三壺種子換兩隻鞋
兩隻鸚鵡換一把秤……

以物易物清單長長
編織一張活命的網
撒在茫茫的江河裡
原始的交易如魚得水

坦克能否換來玫瑰
母愛能否換來花開
我願盡一海巧克力
換得上帝之吻

（2020.12）

年度互聯網使命

口罩　加密之一種
隔離　防火牆之一種
疫苗　360 補丁之一種

當虛擬走向現實
木馬成群結隊
蠕蟲海量繁衍
死機　中毒之必然

魔與道的更迭進階無止境
駭客　就算你遠在星外
天網地鏈　我們追捕去

（2020.12）

像在古代悲劇中那樣？

在我的痛苦盡頭有一扇門。
聽我說：你稱之為死亡我記得。

大門鎖著，
大地陰森如其良心

讓死者向死者解釋發生了什麼，
我們註定產生新的激烈的部族。

彷彿我們生活的城市就是
一間無盡醫院的診室

於是，不顧恐懼，我出發
把我的臉貼上死亡的臉

但我這樣離群索居並非真實
因為這森林會醒來，而你在這裡就是證明

（2020.12）

標題引自：小仲馬《陌生女人》

全詩引自：

1段　露易絲・格麗克《野鳶尾》

2段　曼德爾斯塔姆《我在屋外的黑暗中》

3段　米沃什《逃離》

4段　羅貝托・波拉尼奧《維多利亞・阿瓦羅斯和我》

5段　羅貝托・波拉尼奧《二十歲自畫像》

6段　羅伯特・弗羅斯特《夢中的痛苦》

偏方

土耳其的古龍香水
菲律賓的椰子油
印度的牛糞
臺灣島的檳榔
美國的消毒水
祖國的煙酒茶

像民謠
像咒語
像一個暗器
冷箭般飛來

（2021.01）

月下餵貓的人安在？

常常散步的公園
也上鎖關門了
午後陽光孤寂
清風撫摸著齊高的小草
大自然的輪回奧秘
我疼愛的那只白貓
不再嫵媚於途
小路靜靜

人既作獸鳥散
貓狗呢　何處覓食
月下　在角落
餵貓的那個華人安在
月光下的貓眼閃撲迷離
光鮮的事物只屬於天堂
苦難的人間
久久不見的人啊
都被我一一送上祝福

（2021.01）

網

猶如機帆船雙拖網捕撈
大中小通吃
有人網了兩層
有人網了三層
有人網了四層
層巒疊嶂的口罩網
幾無漏網之魚

（2021.02）

經卷

聖經　心經　可蘭經
一卷一卷
將苦海中的人
卷上岸

（2021.02）

新冠「鐵達尼」

這一年　大家統統搭錯一趟船
船名「鐵達尼」

靈魂往外衝時
軀殼留了下來

歷史竟相似地驚人
「哪裡有恐懼，哪裡就有愛」*

若干年後　在默劇中
一個愛情故事躍出水面

（2021.03）

* 引自馬奎斯（Gabriel García Márquez）

出門

往自己的臉孔貼一道符
在芸芸眾生中做記號

這面容的懸崖上
你盡可縱身一躍了

天賜一張免死牌
這是最後的勝利最後的崩潰

漸漸練就了刀槍不入的幻覺
埋頭於斬釘截鐵的日子

默念一物降一物的咒語
又一次從槍林彈雨中平安返回

（2021.03）

古老的機關

在一個邊界分明的國度
該如何打發心中的鬱悶
這邊是東方　那邊是西方
接種疫苗的八卦陣裡
長長隊伍一波三折

哦　那金黃的藥盒
泰山般的玻璃瓶
一杯清澈的長江水
江水蕩漾微微發亮

扎針的剎那　有兩尾小魚
尾隨　輕輕潛入
我的黃皮膚和黑頭髮
有兩尾小魚　一黑一白
像陰陽交會的太極　迴圈
在經絡裡
我笑出了魚尾紋

（2021.04）

愛的加強針

戀愛中的人　過敏
易感　難分難舍
就像接種新冠疫苗
不可二缺一

一旦獲得免疫力
愛自此忠貞不二

（2021.04）

假如我也是小小的

核武奈何不了
導彈奈何不了
讓人類不堪一擊的　卻是
蝙蝠　果子狸　穿山甲……
那些小小　或者
更細微的宿主
想一想　那龐然大物
恐龍是如何倒下的
蟑螂和蒼蠅卻亙古不滅
我不禁倒吸一口寒氣

（2021.04）

天天向上

家住高樓
除了無處不在的蟑螂
和偶爾也會光顧的蒼蠅
那隨時隨地現身的螞蟻
有著驚人的高度
以它不用電梯的緩慢攀爬
可常常恍若天兵降臨
落在幾十樓層高的餐廳、廚房
一塊餅乾屑或一粒甜食周邊
螞蟻到底穴安何處　引我
日夜追尋其行蹤
它工兵般的序列
撚成一條項鍊的走向
戴在牆壁的鎖骨上
至我目所能及的盡頭
去向不明　接下去的天空
藍藍　一無所有

（2021.04）

落日裡的我

當我看見那蒼茫的空海上
一葉節節推進的孤舟
沒入落日的半圓裡
彷彿鑲金邊的弓
拉響的最後
一支箭
命中
我
就不由自主地哭

（2021.05）

安檢

拿兵器的門神
舉起另一把槍
對準我
太陽穴的小鬼
唔嚓
彈無虛發
嚇出了冷汗

（2021.05）

口罩變形記

人人
口中銜著一枝草

久久地口罩
久久地虛脫
一揭開
哈氣成霧
撲騰飛出
一隻白鶴

飛起一群白鶴

（2021.05）

較勁

人海為一隻看不見的手所分流
十字路口　兩個交警在疏引堵塞
長時間的揮動　手腳疲憊成機械臂
動作的僵硬　使人遲疑於
那含糊不清的形意
減速的我分明感受到
那手勢的用力和神情的專注
倒像一對熱衷劃拳比勝負的大漢
腦海裡已然沒了滾滾車流
只是在喧囂中隔空較勁
將夜空劃得橫來豎去

（2021.06）

雨中孩童

酷暑地帶
一陣狂亂的雨點打擊樂
下水道像抽水機變奏
街道的半個屁股
癱在了水裡

雨林的獨奏
山海般雄偉
知音難尋啊
多數人是聾子
只有孩子懂得聆聽

伴隨烏雲那根指揮棒
熱帶的孩子多麼逍遙
在雨水劇場裡打滾
把街道滾成樂池
把童年吹打成樂器

（2021.06）

歸之於土

一隻弄髒了的杯子
它的污垢接近陶泥的原色
從裡到外的擦洗
使它再現瓷釉的光澤
在我環視它的新生時
杯子不慎脫落摔破
一隻杯子的變故
讓人猝不及防
碎片被掃入土堆
一切又重歸於土

（2021.06）

孤舟

黑暗從陸地湧向海洋
一葉扁舟在漂泊　將大海
漂泊得無邊無際
月色落進水面　被他納入懷中
孤獨又下凡來了　隔空打坐
生活的貧乏使人超凡脫俗
虛妄中　他撒出最後的暗器
──一張網

欲將天空的星辰一網打盡

（2021.06）

黑色幽默

鬧市　拖著長尾巴的
一隻老鼠　在風中
踉蹌幾步
又停了下來
真是膽大包天
我大喝一聲
並上前驅趕
竟是蜷縮一團
而亂扔的
黑色口罩

（2021.06）

下雨

雨自天上落下
我從外面回來
被剪短的雨
像是斷續的記憶
一節接一節　接成
一道水的幕布
阻隔喧囂於千里之外

千里之外
某個時刻的靜止
由於雨的掩護
得以浮現
只因她的缺席
水窪像個氣球
破了又圓　圓了又破

（2021.07）

放飛

綠茵草場
長出一座方艙
欄柵化身鐵絲網
孩子的風箏
不再飄揚在天空
沒有童真的天空多麼寂寥

在一切都人造的空間裡
當一隻假的「風箏」又冉冉升起
隔離者歡呼　口罩
不盡是束縛
它也飛翔

（2021.07）

回春妙手

馬尼拉方艙醫院
由許多舊貨櫃拼接而成
通通噴塗白色油漆
死板沉寂的長方形
遠遠望去　陰森如一具具棺材

後來　在建築物的中心點
粉飾一個天藍色的十字架
一下子就改頭換臉
如同被引領而振翅欲飛的巨鳥

（2021.07）

打蠅記

一隻牛蠅在頭頂嗡嗡響
在它即將被擊落時
我才覺察到那不過是蜜蜂
它久久盤旋　像唱針
在黑膠唱片上劃個不停
像驚悚主題曲的重播
一種隨時會被螫傷的不安

雷達網狀電蚊拍及伸出的手
在我感念蜂王膠功效的
剎那　自旋轉的軌道
撤了回來

（2021.07）

全世界的廣場都一樣

銅像上　兩隻
麻雀站著拉屎
槍聲響起
一隻墜落　一隻飛走

相對人類
所有麻雀
都長得一模一樣
我也分不清
哪只應該幸慶
哪只應該悲哀

（2021.07）

解夢

早餐與妻談起我昨晚做夢
跟人下棋殺得難分難解時
棋盤上驚現一匹神駒助力
像車像馬又像炮

天下哪來這麼離奇的棋譜
妻笑道　她就是
那枚神奇的棋子
我反復咀嚼而撫掌大笑
世事如棋局　妻子即棋子——
隱藏在成功男人的背後

（2021.07）

現代牛郎織女穿梭記

天氣乍暖還寒
陰陽怪氣
一會兒陰一會兒陽

距離並不遙遠
大約一張紙
有時候減有時候加

航線藕斷絲連
斷斷續續
好像要飛又好像要停

方向搖擺不定
左右為難
不知往左還是往右

（2021.08）

小狗覓食

衝出熱氣騰騰的廚房
風風火火趕往便利店
去買一包鹽巴
卻給一條小狗纏上了
都怪身上煙油氣太重
一路被緊追不捨
可憐的小狗　封城月餘
菜館和小吃店都關門了
哪里弄得到一丁點殘羹剩飯
小狗　可愛的小狗
別再那樣乞憐搖尾
等一等　在我大快朵頤之前
先將肉排的骨頭抽出來
幾段肋骨　或許
能撫慰一個遊魂

（2021.08）

母親的難題

一位母親苦苦哀求
哄騙她的兒子　戴回
屢屢扯下的口罩
在鬼魅般出沒的病毒前
口罩能夠用來抵擋什麼
給一個小孩解答　比起
給一個大人安慰
更加無言以對
更加蒼白無力

對未知驚奇
與疫情慪氣
一個兒童懵懂的固執
在漸深的夜色中彌漫

（2021.08）

古語今用

疫情第三波
教中文的張老師也落水了
咳嗽發燒　血氧下降　岌岌可危
可聽說毒性一波比一波弱
我便安慰道：強弩之末，力不能入魯縞
果然靠服中藥養浩然之氣
編織起密不透氣的屏風

（2021.09）

痛

當我尚未從頭到尾武裝好時
新冠　這個可惡的傢伙
不容辯說
就將一記重拳砸過來
害得我兩個牙齒都報銷了

牙科診所為何總是關門
痛啊　同病才相憐
不知老虎牙痛怎麼辦

（2021.09）

隔離

幾尾觀賞魚
養在玻璃水箱裡

逼仄的空間　魚
玩要　嘴巴推沙子

從右到左　從左到右
一個樂此不疲的西西弗斯

來回踱步
四壁裡的囚徒　無語

（2021.09）

流行史

一波又一波
潮水般迴旋

英國的阿爾法——Alpha
南非的貝塔——Beta
巴西的伽瑪——Gamma
印度的德爾塔——Delta
美國的厄普西隆——Epsilon
巴西的澤塔——Zeta
美國的埃塔——Eta
菲律賓的西塔——Theta
美國的艾歐塔——Iota
印度的卡帕——Kappa
秘魯的拉姆達——Lambda

哼一支淒美的哀歌
單曲循環……

（2021.10）

自殺概率

空氣中彌漫著死亡的氣息
從高自殺率的櫻花國度
一則振奮的消息傳來──
德爾塔毒株酵素變異
自殺啦

自殺？
難道它瘋狂了
呃呃　空歡喜吧

可你相信因果嗎？
壞蛋總有窮途末路時

（2021.10）

舉重若輕

每日都得練習挺舉
向上拉回一點地心的引力

這副傢伙怎麼就鏽斑點點
莫非又是內傷壓擠出淤紫

在這佈滿老人斑的疙瘩上
一層疤痕一層漆

也記不得這啞鈴的原色了
鐵的腥味在層層疊疊裡

辛酸的汗水泵出體外
鼓起的青筋愈發清晰

日舉一物　日卸一苦
肌與鐵燃燒著相似的秘笈

（2021.10）

徵兵令

疫戰兵荒馬亂
殺伐無序
人員流失
新兵源在哪裡
英國十二萬頭生豬
嗷嗷叫　懸賞
千名屠夫入境

（2021.10）

KF40

乍看　以為是 AK40 步槍
或它的同夥
原來是口罩
也沒錯　反正都是
抵禦敵人用的

（2021.10）

囚

人曾為馬牛羊量身訂製嘴籠　而今
蝙蝠啊果子狸啊也給人套上口罩

（2021.10）

失業率

陽臺上吸煙的人
把將熄未熄的煙蒂
瀟灑地彈射到半空
拋物線飛去　剛好擊中
仰望高空的無業青年
瞬間引爆了一個火藥庫

（2021.10）

「你是我藏身之處」*

在病毒的集散地——菜市場
當隱藏的一家四口人　最後
從武漢華南海鮮市場徒步出來
我的詩友蘇榮超卻五味雜陳
疫情在菲律賓也爆發了
米鋪在菜市　家在菜市
棄與守的擇決
如同他對詞語的反復推敲

大隱隱於市　而市聲寂滅
稻米與漢字在日常中切換
春天來了　一本新書
自他的糧倉燕子般飛來
在嘈雜的電話一端　他說
生命無常　別讓詩集的出版
成了今生的憾事

（2021.11）

* 注：《詩篇》（32：7）

愛的匱乏

桶裡水清如許
莫把愛都放入同一個桶裡

一幅菲律賓地圖
受瘟疫玷污的一列群島
7107 個島嶼像 7107 個吊桶
在我胸中的太平洋起伏
上去　下來
上去下來

（2021.11）

缺角

一顆下牙掉落了
口水老是從嘴角淌下
像一塊護欄石丟失
一泓湖水也圍不住

不經意地摸了摸心頭
倘若心海缺少一角岸
欲的獨角獸關不住
也會乘機跑出來作怪嗎

月亮被遮去一角
暗黑的碎片似群鴉
奔襲而來

（2021.11）

人類是否會被放過

人類早已從太空旅行回來
穿「太空服」的訪客
也開始頻頻踏足地平線
他們或拿著長尾巴的槍四處消殺
或將一根細細的棍子探入人的口腔
甚至將一些莫名的液體注入肌體
如此三番五次的折騰
人類是否會被放過
從那臃腫的臉罩中唯一敞開的窗口裡
搜尋到的只是模糊的答案　我一直模糊的
造孽者究竟是誰　誰才是地球的主人
而真正如釋重負的倒是棲居大地的動物
人為馬牛羊量身訂製嘴籠
如今都還給了自己

（2021.11）

黃昏之後

隔著茶几
我們談論生活
生活多麼熱切
黃昏的光線是弧形的
邊緣毛茸茸
你提起茶壺
杯沿盡是金環
我放下杯子
茶水都是遊絲

暮色四合前
我匆匆地告辭
稍後　你的眼睛裡
或許會有一隻螢火蟲

（2021.11）

複印

暮暗　頭頂一顆啟明星
轉眼被複印為星空

一張沉甸甸的鈔票
拿捏在手
越捏越輕　輕
如雞毛

一粒輕飄飄的毒菌
翻滾風中
越滾越重　重
如核彈

皆因瘋狂複印的緣故

（2021.11）

解放口罩

蔚藍的蒼穹　淡白的雲絮
像一個醫用口罩繫在半空

多彩的臉譜　渙散的眼光
萬聖節的化妝舞會鬼氣陰森

誰在重構塵世　陸地喘息
上岸的魚一張一合

憋氣潛回海底　向神深深祈禱
讓魔法消失還人間清歡

再也沒有能力更加深入了
觸摸到宇宙的心跳　仿若鐘磬

命運傾刻對折　蝴蝶展翼欲飛
我從瞌睡中驚醒　口罩如雲散開

（2021.11）

遇猴記

騷動在盤山公路邊的猴群
與閒坐在汽車鐵籠子內的人
在輪番的的嬉鬧裡相互逗樂
人與猴的習性多麼相近
我們急著繼續趕路
小猴卻踮起腳尖
尋找因窗玻璃升起
突然隱形的人臉
那樣的錯愕與茫然
令我憐惜　再見吧
猴子　我也想深深探入
你那對星光閃爍的窗子
短暫的相遇彼此的敞開
山水的清純與人世的混濁
在眼神的傳遞中對流

（2021.12）

瓢蟲謝絕入內

從公園散步出來
去了銀行和藥鋪
陽光疏朗而稀薄
久不見面的女店員對著我發笑
四周的一切似乎都美好起來
沒有誰告訴我有一隻瓢蟲
竟爬上我臉龐的白色 N95 口罩
色彩的落差是如此鮮明
可恰到好處的隱藏
像一架微型攝影機
錄下人的庸俗與脆弱
直至電梯馱我升空
才從鏡子裡照出它的原形
哦　誤入塵世的小蟲
一層紗布阻隔了彼此的體感
或許它曾對我說了點什麼
只是那聲音微弱得聽不到
在進入房門前　我笑了笑

晃了晃口罩　讓一陣風
吹它回老家

（2021.12）

選舉逼近

確診數字斷崖式跌落
人流外出火箭般竄升
那場盛宴的請柬經已發出
願你在狂歡後如期歸來

冬天已過了一段
春天也不會太遠了
誰在指點江山
大自然奧妙難懂
時局納雲吐霧
有人期待瘟疫終結
有人渴望戴上一頂新冠

（2021.12）

苦難的代價

回國遭遇亂流
票價淩空拉升
相思急轉直下

哎　苦難加重 20 倍
還是渴望增添 20 倍

再加油 20 倍吧
讓物有所值

（2021.12）

生活等於複製

華人區某糕餅店
模具的每一次轉動
都掉出同一圓形
伺候一旁的老齡店員
頭髮被風吹起
口罩耷拉
只蓋住嘴巴
兩個鼻孔外露
猶抱琵琶遮了半臉

菲式口罩佩戴法
多麼危險
她卻笑呵呵：不　不
生活就是複製
複製　別懼怕
要勇敢一些
再勇敢一些

（2021.12）

放風時刻

中午　太陽像燃著的煙頭
半個天空在吞雲吐霧
兩個穿制服的女售貨員
從鬱悶的超市走出來
歇息在我對面無人的轉角
那揭去口罩的臉上　浮出
幾道深深的勒痕
數分鐘的放風　兩個女孩
其中一個大口大口地吸煙
另一個放聲高歌
兩朵飄浮的白雲
清風真好　口罩何罪

（2022.01）

克隆

皆因動物
疑似奧密克戎的宿主
香江有二千隻倉鼠被撲殺了

鼠密克隆
貓密克隆
狗密克隆
人密克隆
……

阿彌陀佛
我雙手合十

（2022.01）

休止符

習以為常的相依
不再習慣與主人分開
主人親密如閨蜜
可主人在自我隔離中
愣愣守在房門口的小狗
有節奏地抓撓
幾天幾夜寸步不離
而門縫內輕輕的呼喚
像一支安魂曲
她們之間的樂譜

（2022.01）

虎年箴言

一隻老虎　在通往
新年的甬道接近我
聽　風聲裡的虎嘯

奧密克戎
虎密克隆
務必保持一虎之距
免得咬傷

（2022.01）

「是什麼導致我們各自隱藏」[*]

憂鬱乘以憂鬱等於憂鬱症
在憂鬱症生成前
你鑽進被窩

悲哀乘以悲哀等於心死
在死神光顧前
你潛向經卷

當瘟疫就要將世界毀滅
你寧願一退而退四處躲藏
仿效一隻膽小的寄生蟹
甚至不惜自我粉碎
退縮入膠囊
日日痛飲

（2022.01）

---

[*] 引自羅伯特・勃萊（Robert Bly）

107

替鳥遐思

疫情下的公園
無人造訪
一隻鳥　久久
呆立橋頭
它的翅膀微微扇動
像我凝望時雙手的反背
我也曾那樣棲息於
一個無人的地方　陷入了
對自我乃至宇宙的擔憂
而鳥也會像人一樣思索嗎
在我悄悄潛入鳥的王國
替它遐思時
一串鈴聲倏忽而至
脈衝了腦海裡的掠影
鳥驚起　電話接入
飛天的羽毛又落回地面

（2022.01）

回家的路

邊境線穿上盔甲
城鄉穿上盔甲
群眾穿上盔甲
愛人　你堅銳如一頭刺蝟

鐵鳥的翅膀下
叫離散多年的弟兄
如何抱頭痛哭

（2022.01）

疫年自拍

將功能設置在人像模式
對準自己　咔嚓
拍一張戴口罩的寫真
可熟悉的手機
竟探不出臉孔

哪裡是人臉　莫非是妖怪
粘附在白布上的兩粒圓珠
如剛剛剝殼的龍眼
唐突而生硬
欲哭也無淚

（2022.01）

「這是人們說起就沉默的一年」*

去年那個年輪
猶如俄羅斯輪盤
誰在扣動扳機
將停未停的剎那
一個人的命運註定了
通訊錄上熄了幾盞燈
微信裡多了幾具僵屍

這一年　懷抱亂石喘息不安
這一年　心懸吊桶七上八下
這一年　墜落羅網苦苦掙扎

七彩的圓盤
在元旦的上空旋轉
你將如何押注日子
日子又子彈般飛來

儘管新年有新疾
舊傷也未痊癒
在瘟疫的逆旅中
我種下了期許
不求歲月靜好
但願人人平安

（2022.01）

* 引自布萊希特（Bertholt Brecht）

人體飛彈

隱形的敵人
每一次的咳嗽或噴嚏
都填裝 1000 至 40000 粒飛彈
多彈道善變軌 360 度無死角
以每小時 177 公里高速襲來
地球上所有防禦系統都無法抵擋
在炮彈轟然砸地的瞬間
軀體裡的骨骼碎裂出巨響
天啊　這是一場殺人不見血的交戰
人啊　請舉起你自以為是的盾牌
或從臉孔升起一面白旗
在奄奄一息的殘喘中
重讀一遍孫子兵法

（2022.02）

「新冠可樂」

所有新冠病毒堆積在一起
仍不足以填滿一隻可樂罐

而所有的恨不也是可以壓縮為一個火柴盒
而所有的愛充其量也不過精緻如一粒紅豆

一顆再生猛的飛沫的殺傷力
遠遠幹不過人類的愛恨情仇

一罐可樂又悲又苦
啜飲　從子夜至黎明

（2022.02）

花之怒

一枝含苞欲放的白玫瑰
雲層般聚攏

這帶刺的尤物
被誰丟棄在宴席下

將它撿回家　插在花瓶裡
水的溶解釋放酒的烈度

竟一圈圈開炸　炸成
蘑菇雲狀的拳頭

（2022.02）

誤入桃花源

寂靜的小樹林
有那麼一刻為我單獨擁有
放縱自我的幾遍太極後
掛在樹枝上的口罩遺忘了
當我快速返回時
實景抑或幻影
滿樹的口罩迎風搖曳
只有一片葉子零落
待我彎腰撿起

（2022.03）

誰誤導了我的視線

藍天的布幕
分散在枯枝上的幾隻白鴉
怎麼都默不作聲
我靜靜走著
一會兒
它像是雲朵
一會兒
又像是口罩

（2022.03）

一道目光

蝴蝶的複眼　其秘境
只有造物主感知
當它們雙翼震顫時
蝶衣的繽紛引人入勝
而人的眼神　不管如何蝶變
縱使你也戴著萬人一體的口罩
穿上千篇一律的防護服
從那貓眼般大小的洞穴裡
你投向遠方的一瞥
泛起的微瀾
我都懂得

（2022.03）

騎手的故事

從未如此驚悚過
死神悄然而至
以十字準星
瞄準鎖定
將飛沫
射向
我
狙擊
風和雨
搜尋門牌
將人間溫暖
投向孤寡病殘
從未如此快樂過

（2022.03）

重逢

被疫情打散的人
像一把剪刀分開
分開後又重合
慶倖彼此沒有死去
未寒暄先握手
一方伸出手掌
另一方推出拳頭
豈不是石頭對布
卻沒有輸贏
碰撞的剎那
倆人會心一笑

（2022.04）

他們尚未穿越而去

清理微信的死角
三、二塵封的條目
長年休克
被命運刪除的好友
像此時黃昏的倒影
點開他們曾經的留言
這人生的留聲機裡
雜音背後的雞鳴犬吠
聲聲都清晰

（2022.04）

入山

谷幽山空
偶有精靈出沒
我的腳步
才落入草叢
呼呼的風裡
肩膀就被誰一拍
回頭一看　薄霧散漫
可片刻　後背又被拍拍

風止　地上
幾片巴掌大的落葉
枝椏空空的手
指向群山深處

（2022.04）

只怕萬一

牛津新冠疫苗有效率 99%

雕牌清潔液有效率 99.9%

新冠病毒消毒燈有效率 99.99%

蓮花清咽有效率 99.999%

SR 醫用真空除菌篩檢程式效率 99.9999%

上海呼吸濕化治療儀細菌過濾率 99.99999%

當清零成為一種可能

人心是否會一念不生

（2022.05）

黃金雨[*]

雨後的樹冠掛滿金輝
像一把上膛的左輪槍
風　扣動了扳機
連連擊中
從樹下經過的　我
一頭栽倒
在斷魂的木桶裡

（2022.06）

* 　黃金雨（golden shower tree），原產南亞南部的一種樹木。

錯覺

群鴉從屋頂掠過
化身遠處急馳的黑色轎車

駛入高架橋
一頭烏鴉形單影隻
盤旋飛舞直面而來
就要撞上我的慌張時刻
風的減速使它瞬間跌落
現了原形——
一個黑色的口罩
匍匐於地

（2022.06）

裝修

忙於刷新舊房子
延誤了剃頭

假日的理髮店
我那蓬亂的秋草
被來回切割並當場清掃
又用染髮劑粉飾一番
褪色的門面
妝點得光潔如新

脫漆的靈魂　　此時
才嫉妒地跳出來

（2022.07）

病中感悟

倚在醫院大樓的窗邊看雲
茫茫平房燈火稀疏
個別凸起的高樓才輝煌明亮
樓下深處傳來孩童的嬉鬧聲
彷彿一堆星子在玩耍推搡

生命的流動閃爍為星空的恆河
星月老去的時候必將隕落
我曾當街吞下一把天外飛來的碎片
暗處劃過的流星像是美麗的撞跌
誰能將當中倏忽而過的尾巴揪住

（2022.09）

陰影

在彼此的影子裡
擦肩而過的兩個行人
眼神交錯而相互感染：
戴口罩的摘下不戴了
不戴口罩的反而戴上了

束縛或解放全憑感覺
意識的隨波逐流
疊成魔

（2022.10）

月夜竹林

風起　竹下
我聽到扁擔壓得咯吱咯吱直響
背對月色
他們獨自挑過多少里路

（2022.12）

每一扇窗子都弄出聲響

沉默裡的喧嘩陣陣
海浪般衝破寂寥的夜空
流入窗戶
攪動一杯漸漸冷去的咖啡

樓下不遠處的那片光斑
被我們虛擬為聲浪的來源
假設那裡有一場賽事很激烈
無數個受困的夜晚就這樣被釋放

直到裁判將哨子吹響的一刻
最初的渴望成真
瘟疫敗北後的場景回歸
那裡挑燈夜戰　我們推窗致敬

（2023.01）

每個深夜都是如此

夜幕下
不同形狀的窗戶
依次點燃各自的星火

整夜的照耀
橘黃的方塊轉而暗淡了
我卻決意亮成人間的孤燈

每個深夜都是如此
天上敞開著萬千窗子
哪裡有你匹配成雙的一盞

一盞萬古愁
在幽遠的眨眼中臨近

（2023.03）

《餘生所願》組詩

2020.03.13　封城令

　　二手電視螢屏雪花點點
　　總統的脫口秀全民屏息
　　尾聲一記咳嗽
　　震顫島嶼肺部
　　杜式幽默詩意演繹
　　這回卻萬箭穿心

2020.03.14　出城記

　　人流湧向機場、碼頭、車站
　　人流湧向所有的出口
　　好像這裡只是歇腳的地方
　　好像這裡不是真正的故鄉
　　我們死死守護這座堡壘
　　我們的故鄉在遙遠的北方

2020.03.15　囤積

讚美口罩　　讚美藥品
讚美口糧　　讚美土豆
讚美茶葉　　讚美咖啡
讚美一切與口相關的物質
勞動者所賜予的口福
慢慢咀嚼

2020.03.16　白衣天使

一個眉目清澈的女子
在走廊　與亡魂的擔架並肩而過
防護服罩不住那臉清冽
一滴甘泉　源自大地的肺腑
「在尚未完成的苦活中跋涉」
凝視一潭死水　美與危險並存

2020.03.17　大悲咒

　　信願寺祈福會
　　木魚聲聲
　　在海邊
　　我誦心經
　　一個人
　　像禪詩

2020.03.19　蓮花盛開

　　給我一片蓮花
　　以一杯鄉愁
　　釀成一江水
　　江河潺潺將我孕育
　　背靠蓮花的寶座
　　頭戴清瘟的王冠

2020.03.20　休市

街頭　色彩灰暗
四處是關閉的門戶
人跡　形單影隻
稀拉似夜半的行者
眼睛　是敞開的窗子
唯一有空隙的出口

2020.03.22　商業困境

在疲憊的商旅中
你的承諾　我的付出
愛是一張飛翔的支票
如今　約定跳空
延期　一萬年太久
夜空中清點一隻隻綿羊

2020.03.23　　最後的溫柔

　　　　　　無家可歸者仍無處可去
　　　　　　不在橋下　　就在過道中
　　　　　　一些素不相識的人
　　　　　　在尋找一些毫不相干的人
　　　　　　一個熱氣騰騰的盒飯
　　　　　　拉近彼此的社交距離

2020.03.24　　菲華功德箱

　　　　　　以故鄉的左手抱住異鄉的右手
　　　　　　作揖　　躬身敬拜
　　　　　　在高大的樹冠下
　　　　　　紙幣摩挲似一場落葉
　　　　　　季節的轉換　　有鳥撤退
　　　　　　我們盤根　　築巢

2020.03.26　　乞者

　　　　他甚至沒有一隻口罩
　　　　取而代之以一副彩繪面具
　　　　逗人的困窘似悲似笑
　　　　我聽到銅幣轉動的聲響
　　　　那自嘲的容顏後
　　　　一隻獨眼在說謝謝

2020.03.28　　看電影

　　　　辛德勒的名單扣人心緒
　　　　一千名猶太人全都救下
　　　　救一個人等於救全世界
　　　　誰按下暫停健
　　　　螢屏切入公司的倉庫
　　　　停業中的菲人衣食如何

2020.03.29　舞水端

質問病毒來自何方
蝙蝠和穿山甲啞口無言
當網路水軍以核武相互瞄準
我更關心射程和變軌
每顆待命的疫菌
是否也搭載多彈頭

2020.04.01　難兄難弟

菌株戴上皇冠
來了
狐假虎威
謠言戴上皇冠
來了
張冠李戴

2020.04.03　華青臉譜群

　　　包裹得緊緊的面容
　　　一顆流動的眼眸
　　　不知道你的過去
　　　來探索我的未來
　　　從大地的肺部走來
　　　以春天的暗號約會

2020.04.04　福音

　　　塔尖指向未來
　　　天空如此澄澈
　　　教會空無一人　彌撒有增無減
　　　喇叭廣播將福音無限擴大
　　　伴隨日落日出　鐘聲如潮湧來
　　　每一聲回盪　都傳遞著平安

2020.04.05　　清明節

　　修煉平衡術
　　在翹板上來回
　　如果不是異鄉人
　　誰能夠逆風搖擺
　　穿上記憶的草鞋
　　在芳菲的鄉間踏青

2020.04.07　　疫情速報

　　好比一場賽馬那麼準時
　　午後四時　疫情速報
　　感染指數越衝越凶
　　馬是憂鬱的男人
　　我牧養的那匹馬啊
　　馬兒馬兒慢點走

2020.04.09　耶穌不再受難

　　　抽鞭子釘鐵釘捆綁繩子
　　　血淋淋掛上十字架的
　　　贖罪　今年暫停
　　　復活節　大街上有人唱經
　　　冗長又悠遠
　　　「我雖然行過死蔭的幽谷」

2020.04.10　餘生所願

　　　在有生以來最長的假期裡
　　　一日一看馬尼拉灣完美的日落
　　　現實在理想的黃昏中燃燒
　　　晚霞讓我捕捉到餘生所願
　　　遠山背後曾藏著一個少年
　　　每個黎明自雞籠裡掏出落日

2020.04.11　分錢

　　居委會找上門
　　一戶懸賞一千
　　我在文件上畫了押
　　雙手持幣對準鏡頭
　　迷彩服協助按下快門
　　簡直是嫌犯大頭照

2020.04.12　拉撒打[*]

　　外賣快遞雞腿
　　越看越像一排手榴彈
　　彷彿病毒瞬間爆破
　　妻子拆開包裝引信
　　解藥來回抹擦
　　虛汗濕透

　　（[*]拉撒打是一家線上購物）

144

2020.04.13 「施比受更為有福」

華人在探討該不該拿補助
鈔票姑且被夾在高樓陽臺吹風
三天過去　討論沒有結果
大風中有塑膠袋翱翔
嶄新的紙幣也不翼而飛
願它物歸原主

2020.04.14 撲克魔法

半路停下一輛救濟車
流浪漢自覺排起長隊
一個接一個似玩撲克接龍
莊家突然宣佈砝碼告罄
嗷嗷待哺的隊形瞬間解散
如運氣差的人胡亂洗牌

2020.04.15　遠與近

　　病學家幻想於揮動魔杖
　　讓所有人保持兩米距離凍僵十四天
　　文學家卻說那才是最遙遠的距離
　　我就站在你面前　你卻不知道我愛你
　　當下務必較準尺度
　　詩人的心理間隔在一米之外

2020.04.16　火燒

　　都說高溫能夠殺毒
　　渴望地球一次燃燒
　　熊熊燃燒　警報拉響
　　當貧民窟又傳來火災
　　無家可歸者雪上加霜
　　往我內心潑了冰水

2020.04.17　無題

　　第一隻鳥飛過　我舉槍
　　第二隻鳥飛過　我上膛
　　第三隻鳥飛過　我退膛
　　當我再次抬頭　天空純淨
　　一張脫靶的白板
　　我要戒掉的　正是有人反復練習的

2020.04.18　午睡

　　一葉孤舟
　　駛向彼岸
　　帆如口罩
　　雙翼太鬆
　　拽緊　別讓它飛
　　我從夢中驚醒

2020.04.19　醫療隊回國

在穀雨　與春天道別
一行白雲　如雁北飛
遷移遊子的視線
這片難忘的熱土
夏天即將到來
春雨還在滴答

2020.04.21　花開了

陽臺上的盆栽花開了
月季大紅　三角梅粉紅　南豬耳淡紫
為何總在三葉之處催蕾
一枝花怎能獨自風騷
我愛這個花花綠綠的城市
愛三個人都不覺多餘

2020.04.22　　閱讀日前夕

　　　　　　我的名字叫《紅》
　　　　　　讀了一個下午
　　　　　　類似《黑書》迷幻
　　　　　　帕慕克是我所愛
　　　　　　太陽就要下山
　　　　　　紅與黑又要切換

2020.04.23　　請勿再版

　　　　　　三月一日至三月十五日
　　　　　　社交距離版──回避
　　　　　　三月十五日至四月十五日
　　　　　　封城加強版──肅靜
　　　　　　四月十五日至五月十五日
　　　　　　隔離延長版──升堂

後記
生死時刻　唾沫紛飛
——我的疫情詩寫作

椰子

　　文學藝術從來不會缺席大時代的書寫。當疫情的怪圈如漩渦一樣席捲大地，給人類帶來毀滅式的重創，作者應該懷著無與倫比的信念，緊握手中的筆，深入地反映這場危機的性質。每一天，路口的紅綠燈依然閃爍，可新冠的傳播並沒有剎住，一場全球性的災難還在蔓延，其慘烈堪比一場世界大戰。

　　三位巴賽隆納的廣告專業人士在 Instagram 上建立了一個疫情博物館，數字藝術家 Eman Rus 上傳了兩幅 NFT 作品，一幅是對《維納斯的誕生》的再創作——做鼻拭子的維納斯，Eman Rus 上傳的另一幅名畫再創作——打疫苗的蒙娜麗莎。世界各國的文學藝術人士，都在以自己擅長的方式，探入人類的內心迷宮，呈現這場曠世災難生命體驗的不同視角。

　　當「二戰」結束後，有位詩人曾這麼形容奧斯維辛集中營的殘忍，——「奧斯維辛之後，寫詩都是殘酷的！」這已經成為一句名言，值得深思。用詩來記載歷史，鞭撻

罪惡，弘揚正氣，歌頌真情，稱讚生命，述說執著，是詩人的天職，是義無反顧的選擇。

縱觀世界文學史，以疫病為主題的文學作品，創作時間橫跨於 14 到 20 世紀。14 世紀義大利作家薄伽丘的《十日談》，18 世紀英國作家狄福的《大疫年紀事》，19 世紀美國作家愛倫‧坡的《紅死病的假面具》，20 世紀法國作家卡繆的長篇小說《鼠疫》，又譯為《瘟疫》、《黑死病》。

正如今日我們驚嘆豐富的歷史文學的存在，贊同文人為世界留下的一筆筆精神遺產，如果詩人能夠領會時代巨輪的變遷路徑，立體地、多維度地呈現苦難的內核，處理宏大敘事和日常敘事的關係，寫出別人如寫出自己，再微不足道的作品，也有可能成為聲勢浩大的全球瘟疫文學不可缺少的片段之一。

誠然，詩歌的形式是狹窄的，單一的，是微不足道或先天不足的。相對其他文學體裁以紀實的手法呈現，藉由象徵的技巧表達，恰好是詩歌所擅長之處。

以如此眼界，從起頭，我的思緒就不斷聚焦於瘟疫的變幻，尋找靈感，冷靜審視，客觀記錄，以自身的經歷體驗疫情的排山倒海以及殘酷無情，開始連續性的詩歌寫作。該主題既有普遍性、歷史性，又有現實性。每一天，心都被來自四面八方的消息揪住，忐忑不安，反思的結

果，化為一行行詩句，「一幅菲律賓地圖／受瘟疫玷污的一列群島／7107 個島嶼像 7107 個吊桶／在我胸中的太平洋起伏／上去　下來／上去下來」（〈愛的匱乏〉）。

2020 年，疫情元年，雖身居國外，但傳媒的推波助瀾，已經讓千里之外的我們切身感受到武漢的淪陷所帶來的絕望，我當即若有所思地寫下第一首疫情詩「到底什麼在風中吹／呼吸演變成風暴／／請阻止自己呼吸／拒絕與別人共空氣」〈一月風暴〉。二月中旬，恰逢菲律賓大雅台火山噴發，火山灰覆蓋方圓十幾里地，甚至飄到首都馬尼拉，在疫情抵達菲律賓之前，N95 口罩竟搶先斷貨，一種末日般的預感，閃電般衝擊著內心，促使我寫下：「武漢疫情的不可解像大山一樣壓縮在心頭／而馬尼拉以南的大雅台火山正以萬鈞之力／往半空中噴出一張魔鬼的臉孔／那令人瑟瑟發抖的圖片四處轉發／入睡前仿若禽的苦啼隱隱傳來／龐貝城被淹沒前的世界／是否如此刻夜的下沉」（〈預兆〉）。從詩行中，能夠讀到我那時的慌張與對明天的焦慮，或許也道出了多數人相似的心聲。

疫情開始蔓延，三月十五日，菲律賓總統杜特地在電視講話中宣佈封城計畫時，當場咳出一串刺耳的聲響，讓全國聽眾心有餘悸。數日以後，我記錄了那前所未見的封城景象，寫下了〈封城第一日〉，「沒有一張臉是真實呈現的／街景荒誕像末世的幻象／誰策劃的嘉年華舞會啊

／一個千年騙局」。在馬尼拉封城的兩個月時間內，我幾乎以每日一首六行詩的形式，記載了封城所發生的事情，在封城即將結束時，集結為《餘生所願》組詩，一共約三十二首，發表於菲龍網微信公眾號，及時轉發到國外進行交流，引起注目，還收到了讀者來信回饋。日記式的組詩，以悲情的心緒抒發事件，起初只是一種表達，一種寫作習慣，並沒有想到要發表。在疫情最為恐懼的初期，以這樣的一片浪花，融入全球戰疫的文學大潮裡，內心無比坦然。

死亡是永恆的話題，文學作品所講不完的。三秒鐘，只能眨兩下眼，在如此短暫的時間內，全世界卻有成百上千的人患上了新冠，開始了一生未知的噩夢。三分鐘，還不夠打盹，從 worldmeters 網站，能夠讀到死亡人數跳躍性的上升，和平年代的家破人亡令人目不忍睹。死亡，是疫情寫作的基調，與戰爭真刀實槍的摧毀不同，瘟疫殺人不見血的毀滅，使作者能夠以更靜默的格調、更低沉的角度入手。與詩人保羅・策蘭的名作〈死亡格賦〉那樣匠心獨具的藝術構思和震撼的旋律對比，我們更像是一名身抱炸藥的戰地寫手，在出生入死的戰火中共生死，同苦難。

「一道死命令／活生生地垂直起來／旋風般吹落全世界／所有的統計和測量失速了／所有的公式和方程失靈了」（〈盛夏宣言〉）。「這一年　大家統統搭錯一趟船

／船號『鐵達尼』」〈新冠「鐵達尼」〉。「去年那個年輪／猶如俄羅斯輪盤／誰在扣動扳機／將停未停的剎那／一個人的命運註定了／通訊錄上熄了幾盞燈／微信裡多了幾具僵屍」，（〈這是人們說起就沉默的一年〉）。「清理微信的死角／三、二塵封的條目／長年休克／被命運刪除的好友／像此時黃昏的倒影」（〈他們尚未穿越而去〉）。

對死亡的渲染，悲情的氣息，並不意味著絕望；與瘟疫的殊死搏擊，激越人心，就像一枚錢幣的兩面，也會成為寫作的主體。「萬千將士憑空廝殺／／英魂回升天庭時／鼓擊」（〈一月風暴〉）。「一題荒謬的悖論／留給哲學家去思索／我們在北緯 15 度體感 51℃ 的怒火中燃燒／懷抱死寂吟唱大悲咒／斗膽書寫至高無上的檄文」（〈盛夏宣言〉）。「所有披掛上陣的戰士／都佩戴口罩／勝似一件防彈背心／無情的伏擊／有人不幸中槍倒下／生死簿上赫然載明／戰地攝影師　請為他／抓拍一幀蒙面赴難的相片／沖洗那眼中一閃的雷電」（〈2020 年標準照〉）。「一顆再生猛的飛沫的殺傷力／遠遠幹不過人類的愛恨情仇」（〈新冠可樂〉）。

在漫長的疫情經歷中，疾病的折磨，非正常的生活，生死離別的創傷，或情緒的崩潰、低落、無奈、自嘲，給予創作最多的感受與體會。當社會停擺，對自我發出靈魂

質問，也成為創作的泉源。「當我尚未從頭到尾武裝好時／新冠　這個可惡的傢伙／不容分說／就將一記重拳砸過來／害得我兩個牙齒都報銷了／／牙科診所為何總是關門　痛啊／／同病才相憐／不知老虎牙痛怎麼辦」（〈痛〉）。「幾尾觀賞魚／養在玻璃水箱裡／／逼仄的空間　魚／玩耍　嘴巴推沙子／從右到左　從左到右／／一個樂此不疲的西西弗斯／／來回踱步　四壁裡的囚徒無語」（〈隔離〉）。「將功能設置在人像模式／對準自己　嗤嚓／拍一張戴口罩的寫真／可熟悉我的手機／竟探不出臉孔」（〈疫年自拍〉）。

　　然而，越是災難的暗無天日，越能見證人性的光輝，在這場瘟疫中再次得以證明。「在一片創世紀的死寂中／某個瀕臨崩潰的人／弱弱地隔空籲嘆——哎／大地竟耳語——愛／愛愛愛　輕輕落入人間／自詞的螺殼內」（〈回音〉）。「月光下的貓眼閃撲火花／光鮮的事物只屬於天堂／苦難的人間　久久不見的人啊／都被我一一送上祝福」（〈月下餵貓的人安在〉）。「北半球的陰影即將走向盡頭／秋天在悄悄積蓄能量／來吧　身披霞光／手執長矛／等候那臨門一腳」（〈臨門一腳〉）。

　　在苦難的日子中，以文字的詩意激發讀者的情感與思緒，理性對抗壓力，提升對生活的熱望，應該是作者與讀者的共同願望。「即便跨越千山萬水／仍不可肌膚之親

的你我／唯以愛的手勢／飛吻」（〈飛吻〉）。「當一隻風箏又冉冉升起／隔離者歡呼／口罩不盡是束縛／它也飛翔」（〈放飛〉）。「坦克能否換來玫瑰／母愛能否換來花開／我願盡一海巧克力／換得上帝之吻」（〈貧民活命攻略之一〉）。

以意象的手法，詩句的輕盈，對流行史的描敘，充滿濃重的疫情印記和記憶，讓好了瘡疤忘了疼的人類，記住慘痛，意義深遠。「一波又一波／潮水般迴旋／英國的阿爾法——alpha／南非的貝塔——beta／巴西的伽瑪——gamma／印度的德爾塔——delta／美國的厄普西隆——epsilon／巴西的澤塔——Zeta／美國的埃塔——Eta／菲律賓的西塔——Theta／美國的艾歐塔——Iota／印度的卡帕——Kappa／祕魯的拉姆達——lambda／／哼一支淒美的哀歌／單曲循環……」（〈流行史〉）。

「皆因動物／疑似奧密克戎的宿主／香江有二千隻倉鼠被撲殺了／／鼠密克隆／貓密克隆／狗密克隆／人密克隆」（〈克隆〉）。「一隻老虎　在通往／新年的甬道接近我／聽　風聲裡的虎嘯／／奧密克戎／虎密克隆／務必保持一虎之距／免得咬傷」（〈虎年箴言〉）。

科幻作家陳楸帆在疫情初期重讀《鼠疫》後寫道：瘟疫是一種大自然調整生態平衡的方式。不管你認同不認同這一觀點，保持對自然的敬畏，對動物的愛護，應該是

我們必須反復思索和警醒的。疫情中的沉靜與深思，使人對與大自然的連結、對動物的憐愛有了更深切的體會，那些觀察與感悟，也成為挖掘詩性的可能之一。「人曾為牛馬羊量身訂製嘴籠　而今／蝙蝠啊果子狸啊也給人套上口罩」（〈囚〉）。「習以為常的相依／不再習慣與主人分開／主人親密如閨蜜／可她在自我隔離中／愣愣守在房門口的小狗／有節奏地抓撓／幾天幾夜寸步不離／而門縫內輕輕的呼喚／像一支安魂曲／她們之間的樂譜」（〈休止符〉）。此外，〈覓食的小狗〉、〈月下餵貓的人安在〉、〈替鳥遐思〉和〈瓢蟲謝絕入內〉，均為我與動物互動、親近之作，也為自己今後涉入動物的寫作打通入口。

　　有的素材也能寫成環保詩。抗疫用品對環境所造成的污染，隨地丟棄的口罩，為人所不齒。「鬧市　拖著長尾巴的／一隻老鼠　在風中／踉蹌幾步／又停了下來／真是膽大包天／我大喝一聲／並上前驅趕／竟是　蜷縮一團／而亂扔的　黑色口罩」（〈黑色幽默〉），這首詩刊登於磨鐵讀詩會公眾號專欄《在中國寫詩》第 195 期。「藍天的布幕／分散在枯枝上的幾隻白鴉／怎麼都默不作聲／我靜靜走著／一會兒／它像是雲朵／一會兒／又像是口罩」（〈誰誤導了我的視線〉）。

　　作家魯敏曾說，每每在災難和不幸面前，作為以詩歌寫作的人，她總是會感到無力和無用。詩歌的無用感何嘗

不是如此在我眼前晃過。尤其是那些一閃而過的片段，渺小的動靜，零碎的言語，簡短的詩行，在如此龐大的事件面前，像落入江河的陣雨，絲毫激不起漣漪。但內心不斷告訴自己，催促自我：寫寫寫，寫吧，唯有將你的所見所思寫出來，才能解放自我。

除了藝術本身的技巧和手法，詩歌流露的必須是真實而自然的，我相信，有關瘟疫的創作，不應該妄言、掩飾和武斷，更不應該為取悅讀者、順從輿論、討好政府而違心地去寫，充滿當下思考、問題意識和前瞻視角，反思乃至批判的，將使作品歷久彌新。若干年後，當我們重溫這段心路歷程，倍感珍貴而懇切。

原載第 18 屆亞細安華文文藝營《亞細安論文集》（2023）

國家圖書館出版品預行編目

我們一定要解放口罩 / 椰子著. -- 臺北市：獵
海人, 2024.02
　　面；　公分
　　ISBN 978-626-98128-3-7(平裝)

851.486   113000352

我們一定要解放口罩

作　　者／椰　子
出版策劃／獵海人
製作銷售／秀威資訊科技股份有限公司
　　　　　114 台北市內湖區瑞光路76巷69號2樓
　　　　　電話：+886-2-2796-3638
　　　　　傳真：+886-2-2796-1377
網路訂購／秀威書店：https://store.showwe.tw
　　　　　博客來網路書店：https://www.books.com.tw
　　　　　三民網路書店：https://www.m.sanmin.com.tw
　　　　　讀冊生活：https://www.taaze.tw

出版日期／2024年2月
定　　價／250元